Vente du Samedi 8 Juin 1907

(HOTEL DROUOT)

CATALOGUE

D'UNE IMPORTANTE COLLECTION

DE LIVRES, DESSINS

ET ESTAMPES

RELATIFS

AU THEATRE ET A LA MUSIQUE

PREMIÈRE PARTIE

COSTUMES. — PORTRAITS. — CARICATURES.
DESSINS ET AQUARELLES. — DÉCORS ET AFFICHES. — MUSIQUE

PARIS
EM. PAUL ET FILS ET GUILLEMIN
Libraires de la Bibliothèque Nationale
28, RUE DES BONS-ENFANTS, 28.

1907

Tours, Imp. Tourangelle, 20-22, rue de la Préfecture

LA VENTE AURA LIEU

Le Samedi 8 Juin 1907

A DEUX HEURES PRÉCISES DU SOIR

A L'HOTEL DES COMMISSAIRES-PRISEURS, 9, RUE DROUOT

SALLE N° 8

Par le ministère de **Me MAURICE DELESTRE,**

Commissaire-Priseur

5, RUE SAINT-GEORGES, 5

Assisté de **MM. ÉM. PAUL ET FILS ET GUILLEMIN,**

Libraires-Experts

28, RUE DES BONS-ENFANTS, 28

ORDRE DE LA VACATION

NUMÉROS	64 à 133
—	1 à 63

EXPOSITION, 28, *rue des Bons-Enfants*, les Mercredi 5 et Jeudi 6 Juin, de 2 heures à 4 heures.

CONDITIONS DE LA VENTE

La vente se fait expressément au comptant.

Les adjudicataires paieront 10 pour cent en sus des enchères.

Les Experts se réservent la faculté de vendre separément les articles réunis sous un seul numéro.

Les livres devront être collationnés dans les vingt-quatre heures de l'adjudication. Passé ce délai ils ne seront repris pour aucune cause.

Les Libraires chargés de la vente rempliront, aux conditions d'usage, les commissions des personnes qui ne pourraient y assister.

CATALOGUE
DE LIVRES, DESSINS
ET ESTAMPES

CATALOGUE

D'UNE IMPORTANTE COLLECTION

DE LIVRES, DESSINS

ET ESTAMPES

RELATIFS

AU THEATRE ET A LA MUSIQUE

PREMIÈRE PARTIE

COSTUMES. — PORTRAITS. — CARICATURES.
DESSINS ET AQUARELLES. — DÉCORS ET AFFICHES. — MUSIQUE

PARIS

EM. PAUL ET FILS ET GUILLEMIN

Libraires de la Bibliothèque Nationale

28, RUE DES BONS-ENFANTS, 28.

1907

Cette collection contient des documents excellents. Je me permets de la recommander tout particulièrement à ceux qui s'occupent avec conscience et méthode des choses théâtrales.

POREL.

CATALOGUE

DE

DESSINS ET ESTAMPES

RELATIFS

AU THÉATRE ET A LA MUSIQUE

PREMIÈRE PARTIE

ESTAMPES RELATIVES AU THÉATRE

I. VUES, DÉCORS, AFFICHES, ETC.

1. Album de l'Opéra. Principales scènes et décorations les plus remarquables des meilleurs ouvrages représentés sur la scène de l'Académie royale de musique, publié par Challamel. Dessins par MM. Alophe, Baron, Challamel, Devéria, Français, Mouilleron, Célestin Nanteuil... *Paris, Challamel, s. d.* (1844), in-4, 24 pl. lithog. cart. dos et coins de perc. r.

   Exemplaire avec 23 planches coloriées; la deuxième est en noir.

2. Décor de Théâtre, par Joseph-Galli Bibiena. *Aug. Vind., Pfeffel, s. d.* (1740). — Belle estampe in-fol. en largeur. — Encadrée.

3. Décorations théâtrales. — Sept pièces encadrées.

   Dessins originaux, dont un au lavis, deux au crayon et *quatre à l'aquarelle*, signés : Chaperon, Chichkoff, Devilliers (1841), Zunarelli, etc.

4. — Décorations théâtrales, mises en scène, tableaux, etc. — Réunion de plus de 400 pièces de divers formats, gr. ou lithog. en phototypie ou en photographie.

5. — Décorations théâtrales, accessoires, etc. — Réunion de 58 pièces de divers formats.

   Dessins au crayon, à l'encre et à l'aquarelle.

6. Reproductions stéréoscopiques des principaux tableaux des féeries : *La Chatte Blanche*, *le Roi Carotte*, *la Biche au bois*, *les Mille et une Nuits* et *le Voyage dans la Lune*. — Réunion de 59 pièces *transparentes* et *coloriées*.

On a ajouté 12 autres pièces, également en couleur : ballets, danseuses, célébrités théâtrales, etc.
En tout 71 pièces.

7. Théatres (Vues de) et de Salles de concerts. — Réunion de 9 pièces anciennes, in-4 et in-fol. en largeur, gr. et *coloriées*.

Théâtre de l'Opéra. — *Théâtre de Madame.* — *Salle de concert de Venise*, gr. par Huquier. — *Salle de spectacle de Vérone*, gr. par Daumont. — *Manège Impérial de Vienne*, gr. par Maria Geissler. — *Décorations de l'Opéra Vénus jalouse, à Venise*: 3 planches gr. par Aveline. — *Décoration de théâtre représentant les jardins de Circé*; gr. par Huquier.

8. — *Foyer du Théâtre Montausier.* — *Foyer du Théâtre de l'Opéra.* — *Salle de concert de la Société Olympique.* — *L'Opéra.* — *Le Théâtre Feydeau.* — Ensemble 5 pièces in-16 en largeur, gr. et *coloriées*.

9. — Théâtres de Paris. — 3 pièces en largeur, encadrées.

1. — *Vue du Théâtre royal des Italiens*, Paris, Fillot, s. d. — In-4, gr. et *coloriée*.
2. — *Physionomie du vieux boulevard du Temple de 1825 à 1840* (avec les théâtres de la Gaîté, des Folies dramatiques, du Cirque Franconi, des Funambules, etc.). — Grand in-4, lithogr.
3. — Vue de la salle de l'ancien Opéra. — In-4, lithogr.

10. Vue *du feu prit* (sic) *à la salle de l'Opéra de Paris, le 6 avril 1763*. A Paris, chez Basset. — Planche in-fol. oblong, gr. et *coloriée*. — Encadrée.

11. — *de la nouvelle décoration de la Foire St Germain*. A Paris, chez Le Bel. — Estampe in-fol. oblong, gr. et *coloriée*. — Encadrée.

12. — *du Château d'Eau sur les boulevards de Bondi et du Temple, prise de la Porte St Martin*. A Paris, chez Mme Vve Chereau. — Planche in-fol. oblong, gr. et *coloriée*. — Encadrée.

---

13. Affiches théâtrales illustrées en couleur, par Chéret, Choubrac, Galice, Grasset, Maurou, H. Meyer, Pal. Rochegrosse, etc. — Réunion d'environ 200 pièces la plupart de très grand format.

14. — Affiches et Programmes de spectacles et concerts ; Menus de banquets ; etc. — Réunion de *plusieurs centaines de pièces*

de différents formats, la plupart illustrées, dont un certain nombre soigneusement remontées en 4 vol. in-fol. et in-4, cart.

15. Chéret (Jules). Affiches pour spectacles et bals (danseuses, pierrots, etc.). — Quatre superbes pièces de très grand format, lithographiées en couleur. — Encadrées.

Dimensions des cadres : 1 mètre 37 × 1 mètre.

16. Elisabeth, *ou la Fille de l'exilé, acte 2, scène 12me*. Lithog. de Labouré, faubourg de Nancy, à Lunéville. — Pièce in-4, en largeur. — Encadrée.

Curieuse affiche reproduisant une des scènes les plus émouvantes du drame. Elle porte au bas la mention : *Cette pièce sera représentée avec de nouveaux décors, jeudi prochain, 7 novembre, au bénéfice de M. et Mme Vizentini.*

II. COSTUMES

17. BONNART (N.) : *Italienne chantante.* — *Esclavon de l'Opéra.* — *Rodolphe, ou le Jaloux.* — *Castelane dansante.* — *Amadis de Grèce.* — Ensemble 5 pièces petit in-folio, gr. et *coloriées*. — Encadrées.

18. Chevalier (Le) de Maison-Rouge. Portraits et costumes des artistes jouant dans ce drame. Théâtre historique. *S. l. (Paris)*, 1847. — Suite de 14 planches gr. sur bois en 1 vol. in-8, cart. perc. verte.

19. Costumes de Théâtre (féeries, opérettes, etc.). — Réunion de 108 pièces de divers formats.

Dessins originaux à l'aquarelle par *Clédat, Draner, Gobin, Grévin, Hadol, E. Lacoste, Lepic, Thomas*, etc.

20. — Costumes et décors de théâtre, portraits d'acteurs, d'auteurs et de compositeurs vues extérieures et intérieures de théâtres, caricatures, etc. — Réunion de plus de *dix-sept cents pièces* fixées dans 11 albums in-fol. cart. bradel demi-perc. bleue avec coins.

Très importante réunion de figures découpées dans des journaux illustrés français, italiens et russes ; lithographies en noir et en couleur ; gravures sur bois et sur acier ; photographies ; etc. ; etc.

On a ajouté un lot de plus de deux mille pièces *à classer.*

21. — Costumes d'acteurs : *Les Anglais pour rire.* — *Guillaume, Gautier et Garguille.* — *Les Blouses.* — *La Famille du porteur d'eau.* — *Pierre, Paul et Jean.* — A Paris, chez Martinet. — Ensemble 5 planches in-4, gr. par Maleuvre ou lithogr. et coloriées. — Encadrées.

22. COSTUMES d'acteurs et d'actrices de la première moitié du XIXe siècle. — Réunion de 32 pièces in-8 et in-4, lithogr. d'après Chandelier, Colin, Gavarni, Lacauchie, Leprince, etc. et *coloriées*.

23. — Costumes d'acteurs et d'actrices de la seconde moitié du XIXe siècle. *Paris, Martinet. s. d.* — Réunion de 90 pl. in-4, lithogr. *en couleur* d'après Chatinière, Draner, Grévin, Morlon, Stop, etc.

24. — Costumes de Théâtre et Travestissements. — Réunion d'environ 200 pièces de divers formats, gr. et lithogr. *la plupart en couleur*.

25. — Costumes d'*Andréa Chénier* et de *Pagliacci*. — Réunion de 49 pièces in-4, gr. et *coloriées à la main*.

Annotations au crayon en marge de quelques pièces.

26. — Costumes pour ballets, féeries, opérettes, etc. — Réunion de 140 pièces de divers formats.

DESSINS à l'encre, au crayon et pour la plus grande partie à l'aquarelle.

27. — Costumes pour l'opéra-comique *Si j'étais Roi*. — 25 pièces in-8, sur bristol fort.

DESSINS à l'aquarelle.

28. — *Carmen*. — *Italienne*. — Ensemble 2 pièces encadrées.

DESSINS à l'aquarelle. — Dimensions : 310 × 180 mill.

29. DESRAIS et LE CLERC : *Habillements d'Athalie au théâtre de la Comédie françoise*. — *Habit de Divinité infernale*. — *Costume de Furie, ou d'Euménide*. — A Paris, chez Esnauts et Rapilly, s. d. (1779). — Ensemble 3 planches petit in-folio, gr. par Dupin et *coloriées*. — Encadrées.

30. GRÉVIN (Alfred). Costumes de ballets. — 16 pièces dans 9 cadres.

Suite de SEIZE DESSINS ORIGINAUX (non signés), rehaussés d'aquarelle.

31. GULLIVER *dans l'Isle des Géants*. A Paris, chez Martinet. — Pièce in-4, gr. et *coloriée*.

32. HADOL (Paul). Costumes de féerie représentant un mariage d'Oiseaux. — Suite de 12 pièces dans des passe-partout biseautés formant 4 tableaux encadrés.

DOUZE DESSINS ORIGINAUX à *l'aquarelle*.

33. JOB. Grenadiers. — 2 pièces faisant pendants. — Encadrées.

Dimensions : 300×220 mill.

34. MARIETTE (J.). *Habit de Ballet.* — F. GUÉRARD : *Dame Gigogne a des apas...* et *Dites-nous, beaux Messieurs...* — Ensemble 3 planches petit in-folio, gr. et *coloriées.* — Encadrées.

35. MARTIN (J.-B.) : *Apollon.* — *Vénus.* — *Faune.* — *Africain.* — A Paris, chez Esnauts et Rapilly, s. d. (1779). — Ensemble 4 planches petit in-folio, gr. et *coloriées.* — Encadrées.

36. THOMAS (Th.). Costumes pour *le Gascon*, drame de MM. Th. Barrière et P. Davyl, 1873. — Album in-4, percal. rouge.

QUATRE-VINGT-CINQ DESSINS ORIGINAUX à l'aquarelle par *Th. Thomas.*

37. — Costumes pour *le Roi Carotte* et autres féeries. — Réunion de 158 pièces en 3 albums in-4, demi-rel. chag. brun avec coins.

DESSINS ORIGINAUX à l'aquarelle par Th. Thomas et autres.

38. — Costumes de théâtre. — Huit pièces dans six cadres.

HUIT DESSINS ORIGINAUX à l'aquarelle, dont un signé H. DE STA et quatre signés THOMAS (personnages de revue).

39. VERNET (Horace). *Costumes de ville (et villageois) de Mme Belmont dans Fanchon la Vielleuse.* Paris, an 11 (1803). — Ensemble 2 pièces in-8. — Encadrées.

40. ZIER (Ed.). Costumes et scènes de théâtre. — 16 *dessins* à la plume (quelques-uns rehaussés de lavis) sur 2 feuilles in-fol. — Encadrées.

---

41. COSTUMES anciens (XVIIe et XVIIIe siècles). — Réunion de 10 pièces.

Crispin et *Scaramouche* ; 2 pièces in-4 par Bonnart. — *Habillemens françois* ; 8 pièces in-18 par Riepenhausen et Rosmaesler.

42. — Costumes du XVIIIe siècle. Ajustements et coiffures d'après les dessins de Watteau fils, Leclerc, Desrais, Cochin, etc. tirés de la collection de M. Victorien Sardou (et des collections particulières). 40 eaux-fortes de A. Guillaumot fils. *Paris, Cagnon*, 1875, 2 séries en 1 vol. in-fol. 40 pl. gr. à l'eau-forte, cart. bradel dos et coins de perc. bleue, non rog.

Exemplaire monté sur onglets avec les planches COLORIÉES.

43. — Costumes de la fin du XVIIIe siècle, de l'Empire et de la Restauration. — Réunion de 15 pièces in-8, gr. et *coloriées.*

Bourgeoise en robe de satin rayé... gr. par Dupin d'après Leclère ; in-4. — Une figure gr. par Duhamel d'après Defraine. — *Costume Parisien ;*

Modes de Paris; Arts, métiers et cris de Paris; ensemble 5 pièces. — *Walking dress, Evening dress*; 1819, 2 pièces. — *Le Matin, le Midi, le Soir, la Nuit*: 4 pièces gr. par Gatine d'après Horace Vernet. — Etc.

44. COSTUMES de la fin du XVIIIe siècle et de la première moitié du XIXe. — Réunion de 30 pièces dont vingt-sept *coloriées*.

La Petite Dubois se croyant jolie... A Paris chez Basset (réimpression) gr. et coloriée. — *Costume Parisien; Manières et Modes*; 8 pièces en réimpression, gr. et coloriées. — Costumes divers par Hippolyte Lecomte; 3 pièces lithogr. en couleur. — *Mlle de Fontanges*, gr. par Gatine d'après Lanté. — Costumes, par Gavarni: 3 pièces coloriées. — Etc.

45. — Costumes civils et militaires. — Réunion de 255 pièces de divers formats, en photographie, gravées ou lithographiées, en noir et *en couleur*.

46. — Costumes Turcs. — Douze personnages sur deux feuilles. — Encadrées.

DESSINS A L'AQUARELLE. — Dimensions : 305 × 215 mill.

47. DUHAMEL. Costumes (Un homme et deux femmes portant d'énormes manchons), gr. d'après Defraine. — Planche in-4 en largeur. — Encadrée.

---

48. ALBUM des Théâtres (par MM. Guyot et A. Debacq. *Paris, Guyot*, 1837), gr. in-8 à 2 col. front. et 68 fig. gr. dans de jolis encadrements et lettres ornées, cart. dos de perc. verte.

Tome I, seul paru, sans le titre et le dernier cahier.

49. L'ART du Théâtre. Revue mensuelle. *Paris, Schmid*, 1901-1906, 4 vol. in-4, portr. pl. et fig. en noir et en couleur, demi-rel. chag. r. avec coins et 18 fascicules, *couvertures illustrées*.

Collection complète jusqu'en juin 1906.

50. COSTUME (Le) au Théâtre et à la ville. *Paris, décembre* 1886 (*origine*) à 1891, 2 vol. in-4, 192 pl. de costumes en *couleur*, cart. dos de perc. grenat avec coins, non rog. *couvertures illustrées*.

Les 4 premières années.

51. — Zur Geschichte der Costume. Nach zeichnungen von Wilh Diez, C. Fröhlich, C. Habertin, M. Heil, Andr. Müller, J. Watter. *München, Braun et Schneider*, *s. d.* in-fol. nombr. pl. de costumes en couleur montées sur onglets, *cart. illustré*, dos de perc. violette

52. Costumes suédois, dessinés par MM. Camino et Regamey... et gravés par Charles Geoffroy. *Paris, s. d.* pet. in-fol. pl. demi-rel. chag. vert, plats perc.

Suite de 20 jolies planches gravées et *coloriées*.

53. Franco (Giacomo). Habiti d'huomini et donne Venetiane con la processione della Serma Signoria et altri particolari cioè trionfi feste et ceremonie publiche della nobillissima citta di Venetia. *S. l. n. d.* (*Venetia*, 1614). 2 parties en 1 vol. in-fol. titre-front. portr. et 42 pl. gr. vélin blanc, dos orné, large dent. tête dor. non rog.

Réimpression fac-similée, faite par F. Ongania à Venise, en 1876, et tirée à 100 exemplaires (nº 52).

54. GALERIE dramatique (1830-1860). Costumes des Théâtres de Paris, par MM. Dollet, Lacauchie et L. Lassalle. *Paris, Martinet, Hautecœur, s. d.* 10 vol. gr. in-8 et in-4, contenant 990 pl. de costumes lithogr. et *coloriées* montées sur onglets, demi-rel. chag. r. dos orné, tête dor. non rog.

Suite complète moins les numéros 210-211 et 695.
Les planches 499, 500, 600, 700, 800, 900 et 1000 n'ont jamais été publiées et ne sont portées sur les tables que pour mémoire. — Les titres des tomes I à VII sont détachés des volumes et les 3 derniers n'en ont pas.

55. LACROIX (Paul) : Moyen Age et Renaissance : Les Arts. — Mœurs, usages et costumes. — Vie militaire et religieuse. — Sciences et lettres. — XVIIe Siècle : Institutions, usages et costumes. — Lettres, sciences et arts. — XVIIIe Siècle : Institutions, usages et costumes. — Lettres, sciences et arts. — Directoire, Consulat et Empire. Mœurs et usages, lettres, sciences et arts. — *Paris, Firmin-Didot*, 1873-1884. — Ens. 9 vol. in-4, nombr. pl. et fig. en noir et en couleur, demi-rel. chag. r. dos orné, fers spéciaux, tr. dor. (*Engel.*)

56. Modes et Costumes historiques, dessinés et gravés par Pauquet frères, d'après les meilleurs maîtres de chaque époque et les documents les plus authentiques. *Paris, Pauquet, s. d.* in-4, 96 pl. gr. demi-rel. chag. vert, dos orné, plats perc. encadrement de 8 fil. fers spéciaux, tr. dor.

Bel exemplaire monté sur onglets avec les planches coloriées.

57. — Parisiennes sous le Directoire. *Paris, Impr. Moine et Falconer, s. d.* — Suite de 15 planches de costumes gr. et *coloriées* en 1 vol. in-fol. cart. perc. bleue.

58. MONDE (Le) dramatique. Histoire des spectacles. *Paris*, 1835-1839, 8 vol. in-8, 9 front. et 207 portr. ou pl. lithog. cart. bradel dos et coins de perc. bleue.

Première série : tomes I à VII. — Deuxième série : tome I.
Fondée par Gérard de Nerval et Frédéric Soulié, cette collection

curieuse renferme une revue de toutes les pièces représentées à l'époque, des biographies d'auteurs et d'acteurs, des articles historiques, des pièces entières, proverbes, etc., etc. C'est le plus riche recueil de ce genre qui ait jamais paru.

La table du tome VI manque. — Taches de rousseur. — On a relié en tête du tome I les couvertures de 3 livraisons du tome II.

59. Osterreichisch-Ungarische national-Trachten. Unter der Leitung des Malers Franz Gaul, nach der natur photographirt von J. Löwy K. K. hof-photograph in Wien. *Wien, Lechner, s. d.* in-4, 24 pl. de costumes en *couleur*, en feuilles, dans un carton perc. brune, fers spéciaux.

60. RACINET (A.). Le Costume historique. Cinq cents planches, trois cents en couleur, or et argent, deux cents en camaïeu. Types principaux du vêtement et de la parure... Recueil publié avec des notes explicatives, une introduction générale, des tables et un glossaire. *Paris, Firmin-Didot*, 1888, 6 vol. in-4, dont 1 vol. de texte br. et 5 de pl. en couleur, en feuilles, dans 5 cartons, dos de perc. bleue.

61. Recueil de Costumes (Musée Cosmopolite et Musée de Costumes). *Paris, ancienne maison Aubert, s. d.* — Réunion de 6 albums in-4 contenant 362 planches de costumes gr. et *coloriées*, demi-rel. chag. vert, plats perc. fers spéciaux.

France, 86 pl. — Espagne et Portugal, 31 pl. — Belgique et Portugal, 4 pl. — Italie, 40 pl. (sur 42). — Suisse, Tyrol, 25 pl. — Russie, 36 pl. (sur 37). — Allemagne, 20 pl. — Turquie, Egypte, Grèce, etc. 60 pl. — Algérie, 33 pl. — Amérique, 27 pl.

62. THÉATRE (Le). Revue illustrée. *Paris, Boussod, Manzi, Joyant et Cie*, 1898-1906, 13 vol. in-4, nombr. portr. pl. et fig. en noir et en couleur, demi-rel. chag. r. avec coins et 25 fascicules, *couvertures illustrées*.

Collection complète jusqu'au 1er juillet 1906.

63. VIZENTINI. Recueil de costumes dramatiques publié par Vizentini, comédien du Roi, d'après les dessins de feu Auguste Garnery, et M. lle Lecomte. *S. l. n. d. (Paris, Lithogr. Engelmann*, 1819-1827). 2 vol. gr. in-8, pl. demi-rel. cuir de R. avec coins, dos orné, fil. non rog.

Suite de 294 jolies planches lithographiées et *coloriées*.

III. PORTRAITS

64. Andréef-Bourlak dans le rôle de Popristchine des *Mémoires d'un fou*, de N.-V. Gogol. Photographies sans retouches. *Saint-Petersbourg, Constantin Chapiro*, 1883. — Album in-4 contenant 30 photographies accompagnées d'un texte en russe et en

français, reliure couverte de velours grenat, ornements en métal gravé doré et argenté aux angles et au centre du premier plat, fermoir, tr. dor.

65. ARNOULD (Sophie) *dans l'opéra de Pyrame et Thisbé*, gr. par Gatine d'après Lanté (en pied). — Planche in-4, gr. et *coloriée*. — Encadrée.

66. COQUELIN aîné dans ses principaux rôles. — Suite de 27 photographies in-8, remontées sur bristol, dans un portefeuille recouvert de basane grenat.

Photographies exécutées d'après les aquarelles ou tableaux de Jean Béraud, Boldini, Charlemont, Detaille, Duez, Friant, Leloir, Madeleine Lemaire, et Madrazzo.

ENVOI AUTOGRAPHE de *Coquelin aîné* sur la première pièce.

67. DEBURAU. — Portraits de Gaspard et Charles Deburau et de leur élève et successeur Paul Legrand. — Réunion de 15 pièces de divers formats.

Portrait de J.-G. Deburau, lithog. par A. Cruty. — Grande affiche in-fol. gr. sur bois par Porret, d'après Gaildrau, représentant Deburau en pied (*très rare*). — Six portraits de Charles Deburau, dont cinq gr. et lithog. et une photographie in-4 avec *envoi autographe*. — Sept portraits de Paul Legrand, dont deux photographies; l'un d'eux porte un *envoi autographe*.

68. — GALERIE DE DEBURAU, par Vautier. — In-fol. en largeur.

JOLI DESSIN ORIGINAL au crayon représentant le célèbre mime dans ses douze principaux rôles. Ce dessin présente quelques différences avec la reproduction lithographique suivante (*voir le n° 69*). Ainsi le buste de Deburau, placé au milieu de la composition, possède un de ses bras qui porte une branche de laurier, et ce bras a été enlevé dans la reproduction; etc.

69. — Galerie de Deburau. Reproduction en lithographie teintée du dessin de Vautier. *S. l. Lithog. par Baudet et G. Cornet.* — Pièce grand in-fol. en largeur. — Encadrée.

70. DIVERS. — Acteurs anglais dans leurs principaux rôles. *Londres*. 1776-1778. — Réunion de 49 pièces pet. in-8, gr. par Reading, Thornthwaite et Walker, d'après J. Roberts.

71. — Acteurs en pied, dans leurs principaux rôles. — 5 pièces in-4. — Encadrées.

1. — PERLET, dans le *Comédien d'Etampes*. Lithog. de G. Engelman, *colorié*.
2. — ODRY, dans le rôle du *Conscrit*, par G. de Galard. Lithog. de Gaulon.
3. — VIZENTINI, dans le rôle de *Milord Taciturne*, dans le *Panorama de Paris*, par Leprince. Lithog. de G. Engelmann.
4. — RACHEL; gr. par Flameng.
5. — CRÉPIN. — *Aquarelle* de G. Bettini. 1876.

72. — Acteurs et actrices de la fin du XVIIIe et des premières années du XIXe siècle dans leurs principaux rôles, publiés par *Huet, Martinet, Masson*, etc. — Réunion de 146 pièces in-8, gr. et *coloriées*.

73. Divers. — Acteurs et actrices de la première moitié du XIXe siècle. — Réunion de 24 pièces gr. et lithogr. dont trois en couleur.

74. — Acteurs de la première moitié du XIXe siècle, lithogr. d'après Chasselat, Colin, Joly, Lacauchie, Lormier, Marin. Menut, Vigneron, etc. — Réunion de 80 pièces la plupart de format in-4.

75. — Acteurs et actrices de la première moitié du XIXe siècle, *portant tous des envois et des signatures autographes*. — Réunion de 33 pièces de format in-4 et petit in-fol. la plupart lithographiées.

Portraits de Mesdames Blanche d'Antigny, Suzanne Brohan, Déjazet, Doche, Fargueil, Lavry, Léonard, Nathalie, etc., et de Achard, Amant, Bardou, La Ferrière, Tousez, etc.

76. — Acteurs et actrices du commencement du XIXe siècle. — Réunion de 72 portraits lithog. par *Engelmann*, *Motte*, etc., en 1 vol. in-4, demi-rel. bas. verte.

77. — Actrices de la première moitié du XIXe siècle, gr. sur acier ou lithogr. d'après Alophe, Baugniet, Benjamin, Colin, Geoffroy, Lacauchie, Lassalle, Marin, etc. — Réunion de 62 pièces la plupart de format in-4.

78. — Acteurs contemporains. — Réunion de *huit cents photographies* de formats carte de visite et album.

79. — Actrices contemporaines. — Réunion de plus de *dix-sept cents photographies* de formats carte de visite et album.

80. — Acteurs et actrices contemporains. — Réunion de 150 pièces, la plupart de format gr. in-8 et in-4, gr. lithog. ou en phototypie, en noir et en couleur.

81. Galerie des Artistes dramatiques de Paris. Quatre-vingts portraits en pied dessinés d'après nature par M. Lacauchie et accompagnés d'autant de portraits littéraires (par MM. J. Janin, E. Briffault, Eug. Guinot, H. Lucas, E. Arago, Du Mersan, Th. Gautier, A. Dumas, etc.). *Paris, Marchant*, 1841-1842, 2 vol. in-4, texte encadré d'un double fil. noir, 80 portr. lithogr. sur fond teinté, demi-rel. chag. vert avec coins, dos orné, fil. tr. dor.

82. — illustrée des célébrités contemporaines. Les Théâtres de Paris. Cent notices et portraits. Texte par une Société de gens de lettres. Dessins par Eustache Lorsay lithographiés par Collette. *Paris, Martinon, s. d.* (1854), 2 vol. gr. in-8, 100 portr. lithog. en *couleur*, cart. déboités.

Mouillures.

83. Galerie (Nouvelle) des Artistes dramatiques vivants contenant 80 portraits en pied des principaux artistes dramatiques de Paris, peints et gravés sur acier, par Ch. Geoffroy. Chaque portrait est accompagné d'une notice biographique... par MM. Alex. Dumas, A. Cler, Arnould, Bouchardy, Briffault, Desnoyers, Arago, E. Lemoyne, F. Dugué.. L'ouvrage est précédé d'une introduction par Edouard Plouvier. *Paris*, 1855-1859, 2 vol. in-4. front. et 80 portr. sur acier, demi-rel. mar. grenat, tête dor. ébarbé.

On a relié à la suite du tome II, 2 livraisons (sur 3) imprimées pour un troisième volume contenant les portraits de Dumaine et Mlle Page.

84. George (*Mlle*) *et Mlle Bourgoin* (dans Iphigénie en Aulide), gravé par François Vendramini, d'après J.-Fréd. Du Bois. — Superbe estampe, encadrée.

85. Joly, *acteur du Vaudeville*, gr. par Debucourt. — Planche in-8, en couleur. — Encadrée.

86. Joly, *dans le rôle de Lantara*, par Carle Vernet. *Lithog. de F. Delpech.* — Planche petit in-fol. lithogr. et *coloriée.* — Encadrée.

87. Laferrière, dans le rôle d'*Antony* (?). — Encadré.

Jolie aquarelle originale de Henri Baron. — Dimensions : 170×110 mill.

88. Odry, *rôle de Robin dans le Comte d'Erfort.* Lithographie de Motte. — Planche in-4, lithog. *en couleur.* — Encadrée.

89. Vizentini dans les rôles de *Milord Taciturne* (le Panorama de Paris), *Mr Griffon* (La Sérénade), *Mr Friller* (Emma). — Ensemble 3 pièces in-4. — Encadrées.

Trois jolis dessins originaux à la sépia, par Xavier Leprince. Dimensions : 240×165 mill.

---

90. Compositeurs célèbres, dessinés et gravés au *physionotrace* par Quenedey, de 1808 à 1821. — 20 pièces in-4, à toutes marges.

91. Personnages anciens et modernes (chefs d'états, hommes politiques, artistes, nombreux écrivains de l'époque romantique, etc.). — Réunion de 96 pièces de divers formats, gr. sur bois, sur acier, à l'eau-forte, lithogr. en noir et en couleur, ou en photographie.

92. PERSONNAGES célèbres du XIXe siècle : Souverains, écrivains, peintres, compositeurs, etc. — Réunion de 285 photographies, de format visite et album, sur carton.

Familles impériales et royales de Russie, d'Angleterre et de Belgique ; duc d'Aumale, duc de Chartres ; comte de Chambord ; princesse Mathilde ; etc. — Edmond About ; Em. Augier ; F. Coppée ; A. Dumas, père et fils ; Feuillet ; Flaubert ; Th. Gautier ; Em. de Girardin ; Glatigny ; Halévy ; Alphonse Karr ; P. de Kock ; Labiche ; Méry ; Paul Meurice ; Noriac ; George Sand ; Sardou ; Séverine ; Zola ; etc., etc. — Courbet ; Decamps ; Doré ; Gill ; Manet ; Meissonier ; Rosa Bonheur ; etc. — Berlioz ; Bizet ; Glinka ; Gounod ; Liszt ; Offenbach ; Rubinstein ; Saint-Saëns ; etc.

CARICATURES. — DESSINS ET ESTAMPES MUSIQUE. — ETC.

93. ANONYME. *Le Départ pour St-Malo.* (*Dumollet voyant l'enfant que Geneviève a sur ses bras.*) — Planche petit in-folio, gr. et *coloriée.* — Encadrée.

94. — *Rencontres de petites ouvrières.* (Le Bon Genre, n° 15). — Planche in-4 en largeur, gr. et *coloriée.* — Encadrée.

95. DANTAN (Musée). Galerie des charges et croquis des célébrités de l'époque, avec un texte explicatif et biographique (par Louis Huart). *Paris, Delloye,* 1839, gr. in-8, 100 portr. gr. demi-rel. mar. r. avec coins, tête dor. ébarbé.

96. DIVERS. — Réunion de 3 pièces in-4 en largeur (sans marges), gr. et *coloriées.* — Encadrées.

1. — *Le Café des Comédiens.*
2. — *La Mariée du pays de Caux.*
3. — *La Tireuse de cartes.*

97. — 3 pièces in-4 en largeur. — Encadrées.

1. — *Jocrisse devenu mauvais sujet.* (*Désespoir de son père*) : gr. et *coloriée.*
2. — *La Famille économe* (Musée grotesque, n° 54). A Paris chez Hautecœur-Martinet ; gr. par *Maleuvre* et *coloriée.*
3. — Caricature Russe, lithographiée et *coloriée.*

98. — Réunion de 9 pièces gravées et *coloriées.*

1. — *Le Tribunal des femmes, ou les Maris en vacances* ; in-4 en largeur.
2. — *Un Auteur pleurant sa pièce enterrée au cimetière de l'Odéon* ; in-8 en largeur.
3. — *Ladies Dress, as it soon will be,* par Henri C....e, 1796 ; in-4.
4. — (Toilette intime) : in-4, en largeur.
5. — *Les Moissonneurs, ou le Soldat laboureur* ; in-4 en largeur.
6. — *Jeu... jeu... jeune homme, prends ces gou... gou... gouttes* ; in-4 en largeur.
7. — *L'Auteur innocent, malheureux et persécuté... Morbleu si les duels n'étaient pas défendus !* in-4.
8. — *Jason et Médée, ballet tragique,* 1781 ; in-fol. en largeur. (Réimpression.)
9. — *Michel et Christine* ; lithogr. de Henry Monnier ; in-12 en largeur.

99. FINART : *L'Amateur Anglais à Paris*, gr. par Blanchard fils aîné. — *L'Allemande à deux, ou le Hongrois à Paris*, gr. par Thiébaut. — A Paris, chez Basset. s. d. — Ensemble 2 planches pet. in-fol. gr. et *coloriées*. — Encadrées.

100. LE CLERC. *L'Observatrice au Boulevard* (sic) *de Coblenz*, gr. par Auvray. — Planche pet. in-fol. en largeur. — Encadrée.

101. MARTINET (chez). *Les Modernes*. A Paris, chez Martinet, s. d. — Planche petit in-fol. gr. par G... et coloriée. — Encadrée.

102. — *M. Poudret* (Le Goût du jour, n° 31). Paris, Martinet, s. d. — Planche in-4, gr. et *coloriée*. — Encadrée.

103. — *Provinciaux visitant les curiosités de Paris*. A Paris, chez Martinet, s. d. — Planche in-4 en largeur, gravée et *coloriée*. — Encadrée.

104. PANTHÉON charivarique. *Paris, Aubert, s. d.* gr. in-4, pl. demi-rel. bas. verte, dos orné.

Suite de 100 lithographies portraits-charges par Benjamin (Roubaud), Daumier, Gavarni, Grandville, Philipon et Traviès représentant des hommes de lettres, auteurs dramatiques, peintres, sculpteurs, musiciens, acteurs, journalistes, dessinateurs, chanteurs, etc.

105. ROUBAUD (Benjamin). *Grand Chemin de la Postérité*. A Paris, chez Arnaud de Vresse. — 2 lithographies *en couleur*, grand in-folio, renfermant chacune deux bandes de portraits-charges. — Encadrées.

Feuilles 2 et 3 (*Les Acteurs*).

106. TRAVIÈS (J.). *Les Contrastes*. — 2 planches in-4 en largeur, lithogr. — Encadrées.

---

107. AQUARELLE. — *Attelage russe dans une tourmente de neige*. — Encadré.

Dimensions du sujet : 440 × 290 mill.

108. AQUARELLES. — Paysages divers. — 4 pièces.

1. — DEVILLIERS (J.). Intérieurs de villages ; 1841. — 2 pièces.
2. — LABRUYÈRE (de). Une Rue d'Alger ; 1872.
3. — RANSONNETTE. L'Arbre penché.

109. BOSIO. *La Bouillotte*. — Estampe in-folio en largeur, gr. par E. Gosselin en 1887 et *coloriée*. — Encadrée.

110. BOUCHOT. *Molière annonçant la défense du Tartuffe*. A Paris, chez Bulla, s. d. — Planche in-fol. gr. à la manière noire par *Charon*. — Encadrée.

111. Dessins divers. — Réunion de 20 pièces, dont quatre au crayon ou à la sépia et *seize à l'aquarelle.*

Portraits-charges par *Gobin* et autres. — Costumes par *Lepic*, *d'Orschwiller*, etc. — Les Vieilles Chansons de France, grande composition in-4 en largeur. — Etudes de fleurs. — Un portrait peint à l'huile. — Etc.

112. Divers. — 6 pièces encadrées. (*Ce numéro pourra être divisé.*)

1. — *Fanfan et Colas* ; in-4, gr. par *Helman*, d'après *D. P. Berthaux*.
2. — *Léopold Mozart* ; in-4, lithog. par *Llanta* d'après *de Carmontelle*.
3. — Lithographie en couleur d'*Eugène Lami* (?) ; in-4 en largeur.
4. — *Promenade du Jardin Turc*, fac-similé d'une gravure en couleur de Debucourt ; in-4 en largeur.
5. — Portrait en photographie de Richard Wagner.
6. — *La Mort d'Ivan le Terrible* ; photographie grand in-4 en largeur.

113. Lalanne (Maxime). Les Maisons historiques de Paris. — Suite de 34 pièces in-16 et in-12.

DESSINS ORIGINAUX au crayon lavés d'encre de Chine. Ils représentent les maisons habitées par Bonaparte, Carnot, André Chénier, Benjamin Constant, Charlotte Corday, Mme Dubarry, Lafayette, Mlle Mars, Molière, A. de Musset, J.-J. Rousseau, Sainte-Beuve, Talma, Voltaire, etc.

114. Leloir (Louis) : *Le Tambourin* et *Le Danseur* ; 2 pièces. — C. Delort. *Paysanne*. — Ensemble 3 *fac-similés d'aquarelles* sous passepartout dorés. — Encadrés.

115. MOLIÈRE. — 2 estampes in-folio en largeur. — Encadrées.

1. — *La Princesse d'Elide* (seconde journée des *Plaisirs de l'Isle enchantée*), gr. par *Israël Silvestre* (1664).
2. — *Le Malade imaginaire* (troisième journée des *Divertissemens de Versailles*), (gr. par *Lepautre*, 1676). — Epreuve AVANT TOUTE LETTRE.

116. MOREAU LE JEUNE : *Le Bal masqué.* — *Le Festin royal.* — Ensemble 2 estampes in-folio, la seconde à grandes marges. — Encadrées.

117. Philipon (Charles). *Paysanne des environs de Nevers.* — In-4. — Encadré.

Charmant DESSIN ORIGINAL au crayon noir, légèrement lavé d'encre de Chine.
Dimensions : 275 × 205 mill.

118. Place publique entourée de vieilles maisons, avec une église dans le fond. — Encadré.

Dessin a l'aquarelle. — Dimensions du sujet : 600 × 345 mill.

119. Reproductions de tableaux et d'aquarelles de J. Béraud, J. Breton, M. Leloir, Lobrichon, Ad. Marie, Ad. Moreau, P. Outin, A. Perez, etc. — Réunion de 30 pièces en chromolithographie, de format grand in-fol.

120. Rops (F.). Frontispices pour le *Parnasse satyrique* et le *Théâtre gaillard*. — Réunion de 10 pièces in-12, gr. à l'eau-forte.

Epreuves sur Chine volant, de format petit in-8.
Parnasse et Nouveau Parnasse satyrique; 2 pièces en double état : noir et sanguine. — *Théâtre gaillard* : 2 pièces. — On a ajouté 2 frontispices. *Parnasse satyrique*, pièces non signées (et qui ne sont pas de Rops), épreuves en double état : noir et sanguine.

121. Schenker. *Le Baiser à la Capucine*. — Planche in-4 en largeur, gr. et *coloriée*. — Encadrée.

122. VERNET (Carle). *La Danse des Chiens*, gr. par Levachez fils. — Estampe grand in-folio en largeur, *gravée en couleur*. — Encadrée.

Superbe estampe considérée comme l'œuvre capitale du Maître.
Epreuve sans marges ; petite cassure à la légende.

123. Vieux Palais, avec vue de ville dans le fond. — Encadré.

Dessin a l'aquarelle. — Dimensions du sujet : 200 × 280 mill.

124. Voyage en Allemagne en 1881. — Album gr. in-fol. obl. pl. demi-rel. chag. noir avec coins.

Collection d'environ *mille* (1,000) *photographies et figures sur bois*, dont quelques-unes en couleur, montées sur bristol, représentant des vues, monuments, tableaux, statues, portraits et costumes de l'Allemagne.

125. — VOYAGE en Italie en 1881. — 6 Albums gr. in-fol. obl. pl. demi-rel. chag. noir avec coins.

Collection très importante comprenant environ *trois mille* (3.000) *photographies et figures sur bois*, dont quelques-unes en couleur, montées sur bristol, représentant des vues, monuments, plans, tableaux et statues de Rome, Turin, Pise, Milan, Florence, Venise, Gênes, Bologne, Vérone, Mantoue, Padoue, Naples, Pompéï, etc. et des portraits et costumes civils, militaires et ecclésiastiques de l'Italie.
On a ajouté 2 vol. in-4 de texte extrait du *Tour du Monde*, de même reliure que les Albums.

126. Vues diverses. — Réunion de 9 pièces, dont sept anciennes et huit gr. et *coloriées*.

Vue de la façade du Palais Royal. Paris, Pillet. — *Le Palais des Tuilleries*. Paris, Crépy. — *Course de Bague* : planche grand in-fol. en largeur, sans marge. — *Le Grand Caffé d'Alexandre, sur les boulevards de Paris*, gr. par Daumont. — *La Porte Saint-Martin*. — *Les Batteurs sur la Place Louis XV*. — Etc.

127. Watteau (A.). *Départ des Comédiens Italiens en 1697*, gr. par L. Jacob. — Planche in-folio en largeur. — Encadrée.

128. Almanach musical, pour les années 1781, 1782 et 1783 (par Luneau de Boisjermain). *Paris*, 1781-1783, 3 années en 4 vol. in-12, mar. r. dos orné, fil. tr. dor. (*Rel. anc.*)

Collection complète.

Exemplaire aux armes de Le Camus de Néville, provenant de la bibliothèque du prince Radziwil. — Reliure de la plus grande fraîcheur.

129. Recueil de Pots pourris françois des contre-danses anciennes tels qu'ils se dansent chez la Reine arrangés et mis au jour par M. Landrin, Mtr. et compositeur des traits des contre-danses; 35 pièces en 1 vol. — Recueil de contre-danses françaises, mis au jour par M. Landrin; 66 pièces en 1 vol. — *Paris, Landrin, s. d.* — Ens. 2 vol. in-8, titres, texte, fig. et musique gr. v. f. ant. fil. (*Derome.*)

Exemplaire portant sur le premier plat de la reliure (un peu défraîchie) les armes de Louis XVI et sur le second plat l'inscription suivante gr. en or dans un écusson surmonté d'une couronne : *Petite Ecurie du Roy.*

130. Recueil d'Airs de contredanses, menuets et vaudevilles nouveaux chantés sur les Théâtres de l'Académie royalle de musique et de l'Opéra Comique, lesquels se jouent sur toutes sortes d'instruments. (*Ce numéro pourra être divisé.*)

1. *Les Mille et une bagatelles*, inventé et gravé par J. Robert, 28 parties. Amusement champêtre, ou les Avantures de Cythère, 2 parties. — *Paris, Madame Boivin, s. d.* — Ens. 30 parties en 3 vol. in-8, titres, texte et musique gr. v. ant. marb. dos orné.

2. *La Toilette de Vénus* dressée par l'amour. *Paris, Madame Boivin, s. d.* 10 parties en 1 vol. in-8, titres gr. par Dufflos, texte et musique gr. v. ant. marb. dos orné.

3. *Le Dessert des petits soupers. Bruxelles et Paris, s. d.* 10 parties en 1 vol. in-8, titres, texte et musique gr. v. ant. marb.

4. *Le Passe-tems agréable et divertissant*, ou le Nouveau plaisir de l'amour. *Paris, chez Me Boivin, s. d.* 10 parties en 1 vol. in-8, titres, texte et musique gr. v. ant. marb.

5. *L'Amusement des Dames*, ou recueil d'airs choisis, lesquels se jouent sur la flûte, violon, musette et basse. *Paris, Le Clerc, s. d.* 10 parties en 1 vol. in 8, titres, texte et musique gr. v. ant. marb.

6. *Recueil d'airs de contredanses*, menuets... *Paris, Mme Boivin et Duchesne*, 1758-1759, 6 parties. — Desserts de petits soupers agréables dérobés au chevalier du Pélican. *S. l. Imprimerie de la Joye*, 1755. — Ens. 7 parties en 1 vol. in 8, titres, texte et musique gr. v. ant. marb.

7. *Vaudevilles, menuets, contredanses et airs détachés*, 6 parties. — Les Themireides, 3 parties. *Paris, Me Boivin et Duchesne, s. d.* — Ens. 9 parties en 1 vol. in-8, titres, texte et musique gr. v. ant. marb.

131. Chant lyrique pour l'inauguration de la statue votée à Sa Majesté l'Empereur et Roi, par l'Institut National. Paroles de M. Arnault, musique de M. Méhul, membres de l'Institut. Imprimé et gravé par arrêté de la classe des Beaux-Arts. *S. l. n. d.* (*Paris, vers* 1806), gr. in-4, titre-front. et musique gravée cart. bradel, dos et coins de perc. grise, non rog.

Envoi autographe de *Méhul*.

132. Carnet-portefeuille recouvert de satin noir, avec pensées et roses brodées en soies de couleur, doublé, gardes et poches de satin blanc, tr. dor.

Jolie pièce, bien conservée, datant du milieu du XIXe siècle. — Hauteur : 145 mill.: largeur : 110 mill.

133. Menu du Banquet (et Programme du Concert) offert à M. Félix Faure, Président de la République, par la ville de Lyon, le 29 février 1896. — Plaquette in-12, *imprimée sur satin crème*, ornée d'un médaillon représentant la ville de Lyon, par A. Patey et d'une vue de l'Hôtel de ville, couverture de satin orange, avec ornements dorés.

TABLE DES DIVISIONS

Numéros.

ESTAMPES RELATIVES AU THÉATRE

N° 1213

Tours, Imp. Tourangelle, 20-22, rue de la Préfecture.

ÉM. PAUL ET FILS ET GUILLEMIN
Libraires de la Bibliothèque Nationale
28, RUE DES BONS-ENFANTS, 28

Bibliothèque de M. A. Firmin-Didot

Catalogue des livres précieux, manuscrits et imprimés de la bibliothèque de M. Ambroise **Firmin-Didot**. *Paris*, 1878, 1879, 1881, 1882, 1883 et 1884, 6 vol. in-8, br. — Chaque vol ... **4** fr. »

— Le même catalogue, *tiré à petit nombre*, sur PAPIER DE HOLLANDE et illustré de nombreuses planches hors texte et de chromolithographies, 6 vol. in-4 (*publiés à 30 ou 40 fr. le vol.*) Chaque vol. .... **15** fr. »

TABLES ALPHABÉTIQUES DES NOMS D'AUTEURS des ouvrages anonymes et des artistes, suivies des listes des prix d'adjudication de la Bibliothèque Ambroise **Firmin-Didot**. *Paris*, 1878, 1879, 1881, 1882, 1883 et 1884, 6 tables in-8, br.

Chaque table sur papier ordinaire............................ **2** fr. **50**

— sur PAPIER DE HOLLANDE.. **4** fr. »

Cette bibliothèque est la plus importante qui ait été livrée aux enchères dans le cours du XIXe siècle ; ces six ventes ont produit plus de DEUX MILLIONS CINQ CENT MILLE FRANCS. Tous les ouvrages qui la composent, comprenant de nombreux manuscrits avec miniatures, des xylographes, des incunables et les livres les plus rares et les plus précieux dans tous les genres et de toutes les époques, sont accompagnés, dans ces catalogues, d'une description détaillée et de notes savantes qui sont d'un grand prix pour les libraires et les bibliophiles.

Bibliothèque de M. E. M. B. (Bancel)

Catalogue des livres précieux et des manuscrits avec miniatures composant la bibliothèque de M. **E. M. B. (Bancel)**. *Paris*, 1882, in-8, pl. br.. **5** fr. »

Tirage à part *à petit nombre* sur PAPIER DE HOLLANDE, orné de deux planches en héliogravure et suivi de la Table des noms d'auteurs et de la liste des prix d'adjudication.

Ce catalogue, rédigé avec le plus grand soin, est indispensable aux amateurs d'Heures gothiques, des livres sur les modes, les costumes, les fêtes, les dentelles, la danse ; il renferme en outre une collection très importante des premières éditions des poètes français du XVIe siècle, des pièces rares sur l'histoire de France, etc., etc.

Bibliothèque du Baron de La Roche-Lacarelle

Catalogue des livres rares et précieux, manuscrits et imprimés, composant la bibliothèque de feu M. le Baron S. de **La Roche-Lacarelle**. *Paris*, 1888, gr. in 8, portr. gr. br. auquel on a joint la *Table des noms d'auteurs et la liste des prix d'adjudication*.. **5** fr. »

— Le même catalogue, in-4, *tiré à petit nombre* sur GRAND PAPIER DE HOLLANDE, orné d'un portrait à l'eau-forte, de 36 reproductions de reliures en héliogravure et en chromolithographie et de 21 fac-similés de titres, avec la *Table des noms d'auteurs et la liste des prix d'adjudication*.................... **10** fr. »

TABLE ALPHABÉTIQUE DES NOMS D'AUTEURS, et des ouvrages anonymes de la bibliothèque de feu M. le Baron S. de **La Roche-Lacarelle**, suivie de la liste des prix d'adjudication. *Paris*, 1888, gr. in-8, br.. **2** fr. »

M. Ernest Quentin-Bauchart dans son curieux ouvrage, *A travers les livres*, en parlant des bibliophiles de son époque, déclare que le baron de Lacarelle fut son maître, *Lacarelle genuit Quentin-Bauchart*, et lui donne avec raison la première place, *primus inter pares*, dans le monde des livres. Il ajoute : « De tous nos bibliophiles contemporains le baron de Lacarelle sut le mieux déshabiller une reliure, poursuivre la moindre tare jusque dans les replis du *mords* et de la *coiffe*, et découvrir ce que lui-même a appelé *la punaise*. » Ces éloges mérités indiquent suffisamment que la bibliothèque de cet amateur éminent n'était composée que de livres de choix, remarquables par leur condition intérieure, la beauté et la perfection des reliures anciennes ou modernes qui les recouvraient.